Beic Sigledig Tad-cu

Colin West

Addasiad Non Vaughan Williams

Gomer

Nodyn i athrawon: *Ar wefan Gomer mae llu o syniadau dysgu a thaflenni gwaith yn barod i chi eu llwytho i lawr a'u defnyddio yn y dosbarth.*

Cofiwch ymweld â'r safle www.gomer.co.uk

Argraffiad Cymraeg Cyntaf – 2006

ISBN 1 84323 545 5

Cyhoeddwyd gyntaf ym Mhrydain gan
A & C Black Publishers Ltd., 37 Soho Square,
Llundain W1D 3QZ
dan y teitl *Grandad's Boneshaker Bicycle*

ⓑ testun a'r lluniau gwreiddiol: Colin West, 1999 ©
ⓑ testun Cymraeg: ACCAC, 2006 ©

Cyhoeddwyd gyda chymorth ariannol Awdurdod
Cymwysterau Cwricwlwm ac Asesu Cymru.

Dymuna'r cyhoeddwyr gydnabod cymorth
Adrannau Cyngor Llyfrau Cymru.

Argraffwyd gan
Wasg Gomer, Llandysul, Ceredigion SA44 4JL

Pennod Un

Stori yw hon am fy nhad-cu.

Mae'n byw mewn tŷ hynod
ynghanol y dref.

Mae'n hawdd dod o hyd i dŷ Tad-cu.
Yr un gyda'r holl gerfluniau a
chorachod yn yr ardd yw e.

A'r tu mewn, mae tŷ Tad-cu yn llawn
o sothach. O'r top i'r gwaelod mae e dan
ei sang â phethau diddorol dros ben.

Mae Tad-cu wedi casglu pethau da-
i-ddim cyn hired ag y mae'n ei gofio.

A dyw e byth yn cael gwared ar
ddim byd.

Mae hyd yn oed y sied yng ngardd Tad-cu yn llawn sothach. Rhyw ddiwrnod, yn ystod hanner tymor, roeddwn i'n busnesa yn y sied pan ddois i o hyd i hen feic rhydlyd.

'Jiw, jiw!' meddai Tad-cu. 'Fy hen feic sigledig i.'

'Pa mor hen yw e?' gofynnais.

'Wel, dere i ni gael gweld,' meddai Tad-cu.

'Fe brynes i fe dros hanner can mlynedd yn ôl – ac roedd e'n ail-law bryd hynny!'

'Dere i ni ei gael e i fynd eto,' awgrymais.

'Ti'n eitha reit,' meddai Tad-cu.

'Ti'n eitha reit,' meddai Tad-cu eto.

Felly fe aethon ni ati i lanhau'r beic
nes ei fod yn edrych yn newydd sbon.
Fe drwsion ni'r tyllau yn y teiars a'u
pwmpio'n llawn o aer.

Fe sgleinion ni'r sedd a golchi'r giardau olwynion. Fe roddon ni brawf ar y brêc ac olew ar yr olwynion.

O'r diwedd roedd y beic yn barod i
Tad-cu fynd ar ei gefn. Roedd e braidd
yn sigledig ar y cynnig cyntaf.

A digon gwir, ymhen fawr o dro
roedd Tad-cu'n edrych yn hen law arni.

Roedd Tad-cu wrth ei fodd â'i feic ac
fe benderfynon ni fynd am daith
feiciau drannoeth.

Pennod Dau

Y bore canlynol es i gyfarfod
â Tad-cu. Fe aethon ni ar ein beiciau
mor bell â chyrion y dref.

Cyn hir, dechreuodd Tad-cu arafu. Roedd yn amlwg fod y cyfan yn dipyn o ymdrech iddo.

'Wyt ti am i ni droi 'nôl?' gofynnais.

'Nagw i!' meddai Tad-cu, ychydig yn fyr o wynt. 'Edrych ar yr arwydd acw draw fan 'na.'

HEDDIW
YM MAES MEILLION
ARWERTHIANT
CIST CAR
TROWCH I'R CHWITH 100M

Roedd Tad-cu wedi gweld cyfle i brynu mwy o bethau da-i-ddim. Felly ymlaen â ni.

Trwy lwc, i lawr rhiw oedd hi yr holl ffordd i Faes Meillion. Wedi rhoi ein beiciau i bwyso ar eu hochr, dyma ni'n dechrau edrych ar y stondinau.

O fewn chwinciad roedd Tad-cu wedi
gweld rhywbeth oedd yn mynd â'i fryd.

Rhoddodd Tad-cu bum deg ceiniog i'r wraig am y cloc ac ymlaen â ni. Ond wrth i ni anelu am y stondin nesaf, sylwom fod rhywun yn chwarae o gwmpas gyda beic Tad-cu.

Cafodd y dyn dieithr dipyn o syndod.

'O'n i'n meddwl fod yr hen feic 'ma ar werth,' eglurodd.

'Wel, dyw e *ddim*!' meddai Tad-cu braidd yn swta.

'O, dyna drueni,' meddai'r dyn yn siomedig.

Ysgydwodd Tad-cu ei ben.

Meddyliodd y dyn am funud . . .

'Beth am gan punt?' gofynnodd.

Cafodd Tad-cu tipyn o sioc, ond daliodd i ysgwyd ei ben.

Meddyliodd y dyn am ennyd arall . . .

Chwibanais. Mae dau gant pum deg o bunnoedd yn llawer o arian!

Ond dal i wrthod wnaeth Tad-cu.

'O wel,' meddai'r dieithryn. 'Os newidiwch eich meddwl, dewch i gysylltiad â mi. Fy enw, gyda llaw, yw Mr Samson.'

Ffarweliodd â ni gan roi ei garden i Tad-cu.

AMGUEDDFA A SIOP FEICIAU MR SAMSON

Prynwch feic NEWYDD!

Gwasanaeth atgyweirio ar gael

Dewch i weld yr Hen Feiciau!

'Dw i'n siŵr nad yw e'n llawn llathen yn cynnig yr holl arian yna am fy hen feic sigledig i,' meddai Tad-cu. Ond, a bod yn onest, roeddwn i'n credu nad oedd Tad-cu yn llawn llathen yn gwrthod y cynnig!

Rhoesom y cloc yn y bag ar gefn beic Tad-cu a pharatoi i adael Maes Meillion

Roedd y siwrnai adref yn ymddangos
hyd yn oed yn fwy trafferthus i Tad-cu.

'Dwi ddim mor siŵr os yw'r beicio
'ma yn gystal syniad wedi'r cyfan,'
meddai wrth i ni gyrraedd gât yr ardd.

Rhoddais help llaw i Tad-cu ddod oddi ar ei feic ac aethom i'r tŷ.

Rhoddodd Tad-cu y cloc ar y silff ben tân a gosod y garden oddi wrth Mr Samson y tu ôl iddo.

Rhoesom ein traed i fyny a sipian ein te. 'Ddo i draw fory,' dywedais ar ôl ychydig.

Dydw i ddim yn credu bod Tad-cu wedi fy nghlywed i; roedd ei feddwl ymhell.

Pennod Tri

Y bore wedyn dyma Tad-cu yn fy
nghyfarch gan wenu fel gât.

'Helô,' meddai'n llawen. 'Rydyn
ni'n mynd ar daith feiciau arall.'

'I ble?' gofynnais.

'Dilyn di fi!' meddai Tad-cu wrth i
ni gychwyn.

Ar ôl hanner awr, doedd gen i ddim syniad lle roedden ni.

Ond yn sydyn dyma fi'n gweld arwydd a daeth y cyfan yn glir.

Rhoesom y beiciau i bwyso yn erbyn y wal a mynd i mewn.

Roedd yr amgueddfa'n ffantastig!
Doeddwn i ddim wedi gweld
cymaint o feiciau erioed.

Roedd yna feiciau dwy olwyn a
beiciau tair olwyn o bob maint, siâp,
lliw ac oedran.

Tra oedd Tad-cu'n edmygu beic rasio modern, sylwais ar rywun y tu allan ar gefn beic peni-ffardding. Edrychais eto a gweld mai Mr Samson oedd yno.

Pennod Pedwar

Cyn hir, daeth Mr Samson i mewn.

Roedd e'n ein cofio ni'n syth.

'Wel, pwy fuasai'n meddwl? Fy ffrindiau o'r arwerthiant cist car!' meddai ar dop ei lais.

'Dwi'n gobeithio eich bod yn mwynhau fy amgueddfa. Hon yw'r orau yn y wlad,' meddai Mr Samson gyda balchder.

'Ond mae 'na fwlch yma,' meddai'n siomedig. Pwyntiodd at safle gwag.

Does dim beic o droad y ganrif gyda ni, beic diogel â gyriant olwyn-ôl.

'Ai dyna beth yw fy meic i?'
gofynnodd Tad-cu.

'Ie wir,' meddai Mr Samson.

Cliriodd Tad-cu ei lwnc . . .

'Beic arall?' holodd Mr Samson yn
llawn diddordeb.

Eglurodd Tad-cu.

Dyw fy hen feic sigledig ddim yn addas i mi bellach.

Dwi angen ei drwco am feic sy'n rhwydd i'w reidio.

Yr hyn dwi wir angen . . .

. . . yw BEIC MODERN.

Nawr, os yw'r model diweddaraf gennych chi . . .

Lledodd gwên dros wyneb Mr Samson.

Fe arweiniodd ni yn llawn cyffro at
ei siop yng nghefn yr amgueddfa.

Yno roedd llwythi ar lwythi o feiciau newydd.

'Beic siopa, un bach synhwyrol sy'n mynd â'ch bryd chi, mae'n siŵr.'

'Nage, a dweud y gwir,' meddai Tad-cu.

Edrychodd Mr Samson yn syn, ac mae'n rhaid cyfaddef mod i wedi cael ychydig o syndod hefyd!

Pennod Pump

Ond daeth Mr Samson allan â'r beic mynydd gorau i mi ei weld erioed.

'Dyma'r model gorau sydd gyda ni,' meddai. 'Mae ganddo un deg pump gêr ac mae'n ddigon da hyd yn oed i bencampwr byd.'

Aeth Tad-cu ar ei gefn. Roedd y beic
i weld y maint iawn iddo.

Agorodd Mr Samson y drws.

'Pam nad ewch chi ag e allan i
weld sut mae'n mynd?' holodd.

45

Ar ôl treialu'r beic, dywedodd Tad-cu
y byddai wrth ei fodd yn cyfnewid ei
hen feic am yr un newydd.

Fe fu pawb yn ysgwyd llaw ac
yna'n ffarwelio â'i gilydd.

Fe reidion ni adref y ffordd hir.

Trwy'r parc . . .

. . . heibio'r gors . . .

. . . ar hyd llwybr y gamlas . . .

A'r tro hwn, *fi* oedd yn cael gwaith dal lan gyda Tad-cu!